COLLECTION F. ARNAULT

ESTAMPES ANCIENNES

des Ecoles Française et Anglaise
du XVIIIe siècle.

Imprimées en noir et en couleurs.

RECUEILS

CATALOGUE

DES

ESTAMPES ANCIENNES

des Ecoles Française et Anglaise du XVIIIe siècle

Imprimées en noir et en couleurs

par ou d'après

ALIX, BARTOLOZZI, BAUDOUIN, BOILLY, BOSIO, BOUCHER,
BUNBURY, CARESME, DEBUCOURT, DESCOURTIS, DICKINSON,
GAUTIER-DAGOTY, HAMILTON HUET, JANINET, LAVREINCE,
MALLET, MORLAND, REYNOLDS, ROWLANDSON, SAINT-AUBIN,
SCHALL, SMITH, VERNET, WATTEAU, WILLE, etc.

Costumes, Modes, Caricatures

Magasin des Modes nouvelles. Le Bon Genre.
Incroyables et Merveilleuses.
Recueil de Portraits en couleurs, par Alix, avant la lettre.
Les Français illustres, d'après Sergent.

Pièces Historiques

Relatives à Louis XVI, La Révolution, Napoléon et l'Empire.
Cris de Paris par Vernet, etc.

Composant la Collection de M. F. ARNAULT

et dont la Vente aux enchères publiques aura lieu

HOTEL DES COMMISSAIRES-PRISEURS, Rue Drouot, N° 9

SALLE N° 7

Du Lundi 26, au Mercredi 28 Mars 1906, à deux heures.

COMMISSAIRES-PRISEURS :

Me MAURICE DELESTRE | Me PAUL POPIN

5, Rue Saint-Georges, 5 | 4, Rue Richer, 4

EXPERT :

M. PAUL ROBLIN, 65, Rue Saint-Lazare, 65

CONDITIONS DE LA VENTE

Elle sera faite au comptant.

Les adjudicataires paieront *dix pour cent* en sus des enchères.

Dans l'intérêt de la vente, l'Expert se réserve la faculté de rassembler ou de diviser les lots. Il se chargera, aux conditions habituelles, de remplir les commissions que voudraient bien lui confier les personnes ne pouvant assister à la vente.

MM. les Amateurs pourront visiter la collection d'estampes du Lundi 19 au Vendredi 23 Mars 1906, *65, rue Saint-Lazare*, de dix heures à midi, et de deux heures à cinq heures.

ORDRE DES VACATIONS

Lundi 26 Mars 1906	N° 1 à 189
Mardi 27 Mars 1906	N° 190 à 351
Mercredi 28 Mars 1906	N° 352 à 513

ESTAMPES ANCIENNES

ADAM (Pierre)

1. — *Bienfaisance du Roi Louis XVI,* d'après Hersent. In-fol.

> Rare épreuve à l'état d'eau-forte pure. Marges.

ADRESSES

2. — Cartouche gravé sur bois, avec emblêmes de la musique, comédie et tragédie, ayant dû servir d'affiche ou programme de Théâtre.

> Belle épreuve. Marges.

ALIBERT (à Paris, chez)

3. — *Renaud et Armide.* Ovale in-8.

> Très belle épreuve, imprimée en couleurs. Grandes marges.

ALIX (P. M.)

4. — Collection des Portraits des grands hommes, gravés au lavis en couleur par P. M. Alix, d'après les meilleurs maîtres, commencée en juillet 1790 et terminée en septembre 1797. **Huitième exemplaire.** *A Paris, chez M. F. Drouhin, éditeur dudit ouvrage et imprimeur,* 1797, gr. in-4, cart.

> Précieux recueil, contenant : titre, table et trente-quatre portraits in-4 ovales, imprimés en couleurs et **avant la lettre**. Au bas de la table indicatrice des noms on lit :
>
> *De cinquante exemplaires qui ont été tirés avant la lettre, il n'en existe que* **vingt-six** *avoués et signés par l'éditeur, et numérotés depuis un jusqu'à vingt-six.*
>
> *NOTA.* — Il n'y a aucune différence de la beauté des épreuves d'un exemplaire à celles d'un autre.

5. — *Charlotte Corday* (M. A.). Ovale in-4.

> Très belle épreuve imprimée en couleurs. Grandes marges.

6. — *Corneille* (P.). — *Descartes* (R.). Deux portraits ovales in-4.

> Belles épreuves imprimées en couleurs. Grandes marges.

7. — *Guillaume Tell.* — *Brutus.* — *Lycurgue.* — *Solon.* Quatre portraits ovales in-4.

> Belles épreuves imprimées en couleurs. Marges.

8. — *La Bruyère.* — *Linné.* — *Mably.* — *Malesherbes,* 2 épreuves. Cinq portraits ovales in-4.

> Bel'es épreuves imprimées en couleurs. Marges. (Une pièce est rognée à l'ovale).

ALIX (P. M.)

9. — *Lavoisier* (Ant. L.). Ovale in-4.

   Très belle épreuve imprimée en couleurs. Marges.

10. — *Mably*. Ovale in-4.

   Très belle épreuve avant la lettre, le nom de l'artiste tracé à la pointe. Marges.

11. — *Mirabeau. — Montesquieu. — Raynal.* Trois portraits ovales in-4.

   Belles épreuves imprimées en couleurs. Marges.

12. — *Pie VII*, pape, d'après J.-B. Wicar. In-4.

   Très belle épreuve imprimée en couleurs. Marges.

13. — *Pitt* (William), d'après Ant. Hickel. In-folio.

   Très belle épreuve imprimée en couleurs. Petites marges. (Restauration dans les marges).

14. — *Rousseau* (J.-J.), 2 épr. — *Voltaire* (Arouet de). Trois portraits ovales in-4.

   Très belles épreuves imprimées en couleurs. Marges.

15. — *L'Accordée de Village. — Le Paralytique servi par ses enfants.* Deux pièces faisant pendants, d'après Greuze, in-fol. en larg.

   Très belles épreuves imprimées en couleurs. Petites marges.

16. — *Le Paralytique servi par ses enfants*, d'après J.-B. Greuze.

   Très belle épreuve imprimée en couleurs. Marges.

AMICONI (d'après)

17. — *Diana and her Nymphs*, par Legrand. In-folio.

Très belle épreuve imprimée en couleurs. Marges.

ANONYME

18. — *Le Chat chéri. — L'Amant heureux. — Le Mari échaudé. — L'Embarras du choix. — L'Indiscret. — L'Amant pressant.* Suite de six pièces in-8 en larg. *Published Feby, 1816, London.*

Belles épreuves en couleurs à toutes marges.

19. — *Retour de Fanchette aux montagnes. — Le Repos des petits orphelins.* Deux pièces in-fol. faisant pendants.

Belles épreuves imprimées en couleurs. Marges.

AUBRY (d'après Et.)

20. — *Première leçon d'amitié fraternelle*, par N. de Launay. In-folio en larg.

Très belle épreuve avant la dédicace. Grandes marges.

AUDEBERT

21. — *Adam dans le Paradis terrestre, " Frontispice de l'Histoire naturelle des Insectes ".* In-4.

Très belle épreuve imprimée en couleurs. Marges.

BARICOLO (A Paris, chez)

22. — *Le Coffre.* In-folio.

Très belle épreuve imprimée en couleurs. Grandes marges.

BARTOLOZZI (Fr.)

23. — *Beckford* (William), Esq. Twice Lord-major of London, d'après Aug. Carlini. In-fol.

Belle épreuve imprimée en bistre (doublée).

24. -- *Cipriani* (G. B.). 1782. In-4.

Belle épreuve.

25. — *Adam et Eve.* Eau-forte par B. T. Pouney. Les figures par Bartolozzi. Ovale in-4.

Rare épreuve à l'état d'eau-forte pure. Marges.

26. — *La Belle Rhodope,* amoureuse d'Esope, d'après Ang. Kauffman. In-fol. en larg.

Très belle épreuve imprimée en bistre. Grandes marges.

27. -- *Fillette endormie tenant une poupée,* d'après Cipriani.

Belle épreuve imprimée en bistre et en couleurs. Petites marges.

28. — *L'Innocence se réfugiant dans les bras de la Justice,* d'après Mme Vigée Le Brun, *dédié à la Reine,* in-fol. en larg.

Superbe épreuve avant la lettre, imprimée à la sanguine. Marges.

29. — La même estampe.

Très belle épreuve imprimée en couleurs. Marges.

BARTOLOZZI (Fr.)

30. — *Jupiter and Io*, d'après le Corrège.

> Belle épreuve imprimée en bistre. Marges.

31. — *The Royal Infant*, d'après R. Cosway, 1797.

> Très belle épreuve *avec la lettre grise*. Marges.

32. — *Vertumne et Pomone. — Zéphir et Flore*. Deux pièces ovales faisant pendants d'après Coypel.

> Très belles épreuves imprimées en couleurs. Coupées à l'ovale.

BASSET (d'après)

33. — *Départ pour le Collège. — Retour du Collège.* Deux pièces faisant pendants, gravées par Duthé.

> Très belles épreuves imprimées en couleurs. Grandes marges.

BAUDOUIN (d'après P. A.)

34. — *Annette et Lubin*, par N. Ponce. (E. B. 9.)

> Belle épreuve. Petites marges.

35. — *The Detection* (Les Amants surpris). Gravé à la manière noire, par R. Lowrie, 1772.

> Très belle épreuve. Marges.

36. — *Le Rendez-vous*, par L. Bonnet (41) 1771.

> Très belle épreuve aux crayons de couleurs. Petites marges.

BENAZECH (C.)

37. — *Le Couronnement de la rosière. — Le Prix de l'Agriculture.* Deux pièces faisant pendants, in-fol. en larg.

> Très belles épreuves, imprimées en couleurs. Marges.

BENAZECH (d'après C.)

38. — *The Separation of Lewis the Sixteenth from his family in the Temple. — The Calm and Collected Behaviour of Lewis the Sixteenth on parting from his Confessor Edgeworth...... on the 21 January 1793.* Deux pièces faisant pendants, gravées par L. Schiavonetti, grand in-folio en larg.

> Très belles épreuves imprimées en couleurs, encadrées. Légéres déchirures dans les marges.

BELJAMBE (P.)

39. — *Coucou*, d'après Le Roy, ovale, in-fol.

> Très belle épreuve. Marges.

BERTHAULT

40. — *La Place de Louis XVI, et la salle d'Opéra.* In-fol. en larg.

> Belles épreuves. Marges.

BERTRAND (Noël)

41. — *Artois* (S. A. R. Mademoiselle Louise Marie-Thérèse d') née à Paris le 21 septembre 1819, d'après Olagnon. In-fol.

> Très belle épreuve imprimée en couleurs Marges.

BERTRAND (Noël)

42. — *Artois* (S. A. Royale, Monsieur, Charles Philippe de France Comte d'), d'après Buguet, in-fol.

> Très belle épreuve imprimée en couleurs, *avec le cachet*. Marges.

43. — *Louis XVIII*, Roi de France et de Navarre, d'après Buguet. In-fol.

> Très belle épreuve, imprimée en couleurs, *avec le cachet*. Marges.

BIGG (d'après R.)

44. — *Un jeune matelot racontant son naufrage à la porte d'une chaumière. — Le Retour du jeune matelot, après un heureux voyage.* Deux pièces faisant pendants, gravées par Duthé.

> Très belles épreuves, imprimées en couleurs. Marges.

BLAISOT (d'après)

45. — *Le Berger complaisant*, par Bonnefoy.

> Belle épreuve imprimée en couleurs. Marges.

BLIN (A Paris, chez)

46. — *Portraits des grands hommes, femmes illustres et sujets mémorables de France*, gravés et imprimés en couleurs. *A Paris, chez Blin, s. d.*, 2 vol. in-4, dem.-rel. ch. bl.

> Titre, dédicace et cent quatre-vingt-treize portraits et sujets imprimés en couleurs, superbes épreuves. Exemplaire très frais,

BOILLY (Louis)

47. — *Recueil de Grimaces*, par L. Boilly. *A Paris, chez Delpech, s. d.*, in-4, demi-rel.

> Très bel exemplaire contenant cent quatre lithographies coloriées.

48. — *Le Bon ménage*. Lithographie in-4.

> Très belle épreuve en couleurs à toutes marges.

49. — *L'Effet du mélodrame*. Lithographie in-fol.

> Très belle épreuve en couleurs. Grandes marges.

50. — *Les Epoux heureux*. Lithographie in-fol.

> Très belle épreuve en couleurs. Marges.

51. — *Le Jeu de Billard*. Lithographie in-fol.

> Très belle épreuve en couleurs. Légers raccommodages dans les marges.

52. — *Le Jeu de l'écarté*. Lithographie in-fol.

> Belle épreuve en couleurs. Marges.

53. — *Savoyards montrant la marmotte*. Lithographie in-4.

> Très belle épreuve en couleurs sur papier de Chine, à toutes marges.

54. — *Une Scène des Boulevards*. Lithographie in-4.

> Très belle épreuve en couleurs sur papier de Chine, à toutes marges.

BOILLY (Louis)

55. — *Spectacle gratis*. Lithographie in-4.

> Très belle épreuve en couleurs sur papier de Chine, à toutes marges.

BOILLY (d'après L.)

56. — *Ah ! Ah ! Qu'il est sot !...* par Petit.

> Très belle épreuve. Grandes marges.

57. — *L'Amant favorisé.— La Comparaison des petits pieds*. Deux pièces faisant pendants, gravées par Alex. Chaponnier. In-fol.

> Très belles épreuves en couleurs. Marges.

58. — *L'Amour couronné. — L'Optique*. Deux pièces faisant pendants, gravées par F. Cazenave. In-fol.

> Très belles épreuves. Marges. (Légère restauration sur le côté droit de la seconde).

59. — *Le Bouquet chéri*, par Alex. Chaponnier.

> Très belle épreuve en couleurs. Marges.

60. — *Le Bouquet chéri*, par Alex. Chaponnier. In-fol. en largeur.

> Très belle épreuve à toutes marges.

61. — *Ça ira*, par Mathias.

> Très belle épreuve avant toutes lettres, marges, (doublée).

62. — *Ça ira*, par Mathias.

> Très belle épreuve, marges.

BOILLY (d'après L.)

63. — *Ça a été*, par G. Texier.

> Superbe épreuve avant toutes lettres. Seulement le nom du graveur tracé à la pointe, grandes marges.

64. — *Ça a été*, par G. Texier.

> Très belle épreuve. Marges.

65. — *La Crainte mal fondée*, par Mixelle, in-fol.

> Belle épreuve en couleurs, grandes marges.

66. — *Les Conseils maternels*, par S. Tresca.

> Belle épreuve, grandes marges.

67. — *Défends-moi*, par Petit.

> Très belle épreuve, grandes marges.

68. — *La Douce impression de l'harmonie. — Suite de la Douce impression de l'harmonie.* Deux pièces faisant pendants, gravées par F. J. Wolff.

> Très belles épreuves imprimées en couleurs. Marges.

69. — *La Douce impression de l'harmonie*, par F. J. Wolff, in-fol.

> Très belle épreuve à toutes marges.

70. — *La Douce résistance*, par S. Tresca.

> Très belle épreuve *avec les noms des Artistes tracés à la pointe.* Marges.

71. — *L'Etude de la musique*, par Augustin Le Grand, in-fol.

> Très belle épreuve, marges.

BOILLY (d'après L.)

72. — *Hony soit qui mal y pense*, par J. Bonnefoy, 1792.
>Très belle épreuve. Les noms d'artistes tracés à la pointe, petites marges.

73. *Il dort*, par Texier, in-fol.
>Très belle épreuve. Marges.

74. — *Jouir par Surprise, n'allarme pas la pudeur.*
>Très belle épreuve imprimée en couleurs. Marges.

75. — *Nous étions deux, nous voilà trois*, par Vidal, in-fol.
>Très belle épreuve imprimée en couleurs. Remargée.

76. — *On la tire aujourd'hui*, par S. Tresca, in-fol.
>Très belle épreuve en couleurs avant la lettre. Marges.

77. — *L'Optique*, par F. Cazenave.
>Très belle épreuve en couleurs. Petites marges.

78. — *Les Petites coquettes. — Les Petits soldats.* Deux pièces faisant pendants, gravées par F. M. Gudin.
>Belles épreuves. Marges.

79. — *Prélude de Nina*, par Alex. Chaponnier.
>Belle épreuve. Marges.

80. — *Prends ce biscuit*, par G. Vidal, in-fol.
>Belle épreuve en couleurs. Marges.

BOILLY (d'après L.)

81. — *Que n'y est-il encore*, par Petit, in-fol.
> Très belle épreuve. Marges.

82. — *Séparation Douloureuse,* par Noël sous la direction de Schenker, in-fol.
> Très belle épreuve imprimée en couleurs. Marges.

83. — *Le Sommeil de l'innocence*, par G. Texier, in-fol.
> Belle épreuve. Sans marges de trois côtés.

84. — *Le Sommeil trompeur*, par F. J. Wolff.
> Belle épreuve en couleurs. Petites marges.

BOILLET

85. — *Hôpital* (Michel de l'). — *Necker* (M'). Deux portraits ovales in-4.
> Très belles épreuves imprimées en couleurs. Marges.

BOITES (dessus de)

86. — *Sujets mythologiques*, 14 p. —*Jeux d'enfants*, 12 p. Ensemble vingt-six pièces en médaillons imprimées sur trois feuilles.
> Belles épreuves sur fond noir.

BONNEFOY (J.)

87. — *Sophic Western. Published by Chereau.* Ovale in-4.
> Très belle épreuve imprimée en bistre et en couleurs. Petites marges.

BONNET (L. M.)

88. — *Tête de femme, coiffée d'un chapeau à plumes,* d'après Huquier, in-4. (N° 3).

> Très belle épreuve imprimée en couleurs. Marges. Rare.

89. — *Etude de la Musique.* Ovale in-4, d'après Le Clerc. (N° 106).

> Belle épreuve imprimée à la sanguine. Marges.

90. — *Tête de jeune garçon,* d'après Pierre (N° 195).

> Très belle épreuve aux crayons noir et blanc sur papier bleu, à toutes marges.

91. — *Corbeille de fleurs variées,* d'après Carle (N° 451).

> Très belle épreuve imprimée en couleurs. Petites marges.

92. — *Tête de femme* (N° 691).

> Très belle épreuve aux crayons de couleurs. Grandes marges.

93. — *A Nymph a Sleep,* d'après P. Bettelini, in-4.

> Très belle épreuve imprimée en couleurs. Petites marges.

94. — *Le Déjeuné,* d'après J.-B. Huet.

> Belle épreuve imprimée en couleurs. Petites marges.

95. — *Tête de jeune garçon,* d'après Carle Van Loo. In-fol.

> Belle épreuve imprimée à la sanguine. Grandes marges.

BONNET (A Paris, chez)

96. — *La Douce illusion.* — *La Jeune veuve.* Deux pièces ovales faisant pendants.

> Très belles épreuves, imprimées en couleurs. Marges.

BONNET (A Paris, chez)

97. — *La Dormeuse.* In-4.

> Très belle épreuve imprimée en couleurs. Marges.

BOREL (d'après Ant.)

98. — *La Circassienne à l'encan*, par Levaillé. In-4.

> Très belle épreuve imprimée en couleurs. Sans marges.

BOSIO (D.)

99. — *Le Coucher des Ouvrières en linge.* — *Le Lever des Ouvrières en linge.* Deux pièces faisant pendants.

> Très belles épreuves en couleurs. Marges.

100. — *La Poule.*

> Très belle épreuve en couleurs. Marges.

BOSSELMANN

101. — *Artois* (S. A. R. Mlle d'). — *Bordeaux* (Monseigneur le duc de). Deux portraits faisant pendants, d'après Chasselat. In-4.

> Belles épreuves, imprimées en couleurs. Marges.

BOUCHER (d'après Fr.)

102. — *Les Amours en Gayeté*, par J. Daullé.

> Très belle épreuve. Marges.

103. — *L'Apparition des Anges aux bergers*, par L. Bonnet.

> Très belle épreuve à la sanguine. Marges.

BOUCHER (d'après F.)

104. — *Le Colin-Maillard. — La Bergère endormie.* Deux pièces faisant pendants, gravées à la manière noire par Haid.

> Belles épreuves, sans marges.

105. — *Femme assise sur un lit de repos,* gravée en imitation de crayon, par L. Bonnet.

> Très belle épreuve tirée sur papier bleu. Marges. *Dédié à Monsieur le chevalier de Bausset.*

106. — *Figures d'Orientaux,* par L. Bonnet.

> Très belle épreuve gravée en imitation de crayon rehaussé de blanc, sur papier bleu. Marges.

107. — La même estampe.

> Très belle épreuve, imprimée aux crayons de couleurs. Grandes marges.

108. — *Les Grâces au bain,* par Jean Ouvrier.

> Superbe épreuve avant la lettre, les noms d'artistes tracés à la pointe. Marges.

109. — *Groupe de trois Amours entourant un médaillon représentant une Vénus,* par G. Demarteau. (N° 99).

> Très belle épreuve à la sanguine. Marges.

110. — *Jupiter et Danaé.* Gravé par L. Bonnet, *gratifié, pensionné du Roi pour l'invention de la gravure au pastel.* In-fol. en larg. (N° 28).

> Très belle épreuve aux crayons de couleurs. Marges.

BOUCHER (d'après F.)

111. — *L'Oiseau privé*, par B. Dazaincourt. In-4.
Epreuve imprimée à la sanguine. Sans marges.

112. — *La Petite lessive,* par L. Bonnet. In-4. (N° 58).
Très belle épreuve en couleurs. Petites marges.

113. — *Le Petit marchand de Gimblettes*, par L. Bonnet.
Très belle épreuve. Marges.

114. — *La Poste secrète des amoureux*, par Charbonnier.
In-4 en larg.
Epreuve en couleurs. Sans marges.

BOUNIEU

115. — *La Bonne nourrice*. In-4 gravé au pointillé.
Belle épreuve en couleurs, petites marges.

BOURDON (Louise)

116. — *La Chasteté*. Terminé par Chaponnier.
Très belle épreuve imprimée en couleurs, marges.

BRÉA

117. — *Mirabeau*. Dessiné et gravé par Bréa, d'après
le buste moulé sur nature par Deseine. In-fol. à la
manière noire.
Très belle épreuve, marges.

BRICEAU (Angélique), femme ALLAIS

118. — *Marat* (J. P.). L'Ami du peuple. Ovale in-4.
Belle épreuve imprimée en couleurs, marges.

BRICEAU (Angélique), femme ALLAIS

119. — *Portrait de femme de profil à droite, tenant un voile*. D'après sir Joshua Reynolds. In-fol.

> Très belle épreuve imprimée en couleurs, petites marges.

BROCAS (d'après)

120. — *Les Petits ramoneurs. — Refus de l'hospitalité*. Deux pièces faisant pendants, gravées par Benoist et Noël. In-4 en larg.

> Tiès belles épreuves imprimées en couleurs, marges.

BROOKSHAW (R.)

121. — *Le Chien chérie* (sic). — *L'heureux lapin*. Deux pièces faisant pendants, d'après K. Read et Rosalba. In-fol.

> Très belles épreuves imprimées à la sanguine, petites marges.

BUCH (d'après Adam)

122. — *Matins*, par P. Stadler. In-4.

> Très belle épreuve en couleurs. Marges.

BUNBURY (d'après H. W.)

123. — *A Long-Story*. In-fol. en larg.

> Belle épreuve en couleurs. Petites marges.

124. — *A Riding-House*, par J. Bretherton. In-fol. en larg.

> Très belle épreuve en couleurs. Petites marges.

BUNBURY (d'après H. W.)

125. — *A Tour to Foreign Parts*, par J. Bretherton. In-fol. en larg.

Belle épreuve. Petites marges.

126. — *Conversazione*, par W. Dickinson.

Belle épreuve. Petites marges.

127. — *Les Oyes de Frère Philippe*, par Th. Watson.

Belle épreuve imprimée en couleurs. Marges.

128. — *Un Chasseur*, par I. Chapmann. In-fol.

Très belle épreuve avant la lettre. Marges.

129. — *View on the Pont Neuf at Paris*. In-fol. en larg.

Belle épreuve en couleurs, marges.

CARESME (d'après Ph.)

130. — *Les Amants satisfaits*, par Phelipeau.

Très belle épreuve imprimée en couleurs. Grandes marges.

131. — *L'Aveugle détrompé*, par Wossenik, in-4.

Très belle épreuve imprimée en couleurs, sans marges.

132. — *Hony soit qui mal y pense. — Honny soit qui mal y voit*. Deux pièces faisant pendants, gravées par Hubert.

Belles épreuves, petites marges.

133. — *Les Plaisirs champêtres*, par Wossenik. In-4. *A Paris, chez Janinet.*

Très belle épreuve imprimée en couleurs. Grandes marges.

CARESME (d'après Ph.)

134. — *Le Réveil du Carlin*, par Carrée.
   Très belle épreuve imprimée en couleurs. Marges.

CARICATURES

135. — *Le Coup de Vent. — Les Aprêts du Bal. — La Moderne Danaé. — Le Coup de Vent, ou Bourasque. — Le Samedi des Ouvrières.* Cinq pièces.
   Epreuves coloriées.

136. — *L'Epouvantail Anglais.* A Paris, chez Martinet.
   Belle épreuve en couleurs.

137. — *Un Fiore è bello, ma non sta bene à tutti.* In-4.
   Epreuve coloriée.

138. — *La Perruque enlevée.* A Paris, chez Giot. In-fol. en larg.
   Belle épreuve en couleurs. Marges.

139. — *L'Innocence parisienne, ou la Marchande de Carlins. " Nous voulons un mâle, choisissez-nous-le, car nous n'y connaissons rien. "* Dess. et grav. par V***. In-4.
   Belle épreuve. Marges. Rare.

CARICATURES ANGLAISES

140. — *The Attorney-général's charges Against the late Queen brought, forward in the house of Peers, or On Saturday.* August, 19, 1820, illustrated with fifty coloured engravings. *London, Published by G. Humphrey,* s. d., pet. in-fol. dem.-rel. ch. r., av. coins, t. d.
   Très bel exemplaire, avec les planches en couleurs. Très rare.

141. — *Boreas effecting what Health and modesty could not !!!*

Belle épreuve en couleurs Petites marges.

142. — *Cestina warehouse or Belly piece Shop.* In-fol. en larg.

Très belle épreuve en couleurs. Petites marges.

143. — *The Cutting monster !!! — The ladies cooper bottom manufactory.* Deux sujets sur une feuille.

Très belle épreuve en couleurs. Marges.

144. — *Going to market.* In-fol.

Belle épreuve en couleurs. Grandes marges.

145. — *Morning promenade upon the Cliff* Brigh-ton. 1806. In-fol. en larg.

Très belle épreuve en couleurs. Petites marges.

146. — *Moses Chusing his Cook. — Réception de docteurs à l'Université d'Oxford, le 15 Juin 1814.* Deux pièces.

Belles épreuves en couleurs.

147. — *The Virgin Shape Warehouse.* In-fol. en larg.

Très belle épreuve en couleurs. Petites marges.

CARINGTON BOWLES (Printed for)

148. — *The Friesieur in Distress.* In-4.

Très belle épreuve en couleurs. Petites marges.

CARON (Adolphe)

149. — *Madame la Duchesse de Berry et ses enfants,*
d'après F. Gérard, 1822. In-fol.

Très belle épreuve avant la lettre. Marges.

CARRÉE

150. — *Vue perspective de la Fontaine des Innocents.*
1790. In-fol. en larg.

Très belle épreuve imprimée en couleurs. Marges.

151. — La même estampe.

Rare épreuve à l'eau-forte. Petites marges.

CARRÉE (Ant.)

152. — *Ce sont ses jeux,* d'après Julien, 1786.

Très belle épreuve imprimée en bistre. Marges.

CAZENAVE (d'après)

153. — *Le Nid d'Amours,* par Mme Cazenave. In-fol.

Très belle épreuve imprimée en couleurs. Petites marges.

CHALLE (d'après)

154. — *Les Appas multiples,* par Dennel.

Belle épreuve. Marges.

CHAPONNIER

155. — *La Superstition.* In-fol.

Belle épreuve en couleurs. Marges.

CHARON

156. — *Drouot* (Le Général), d'après Aubry. In-fol.

> Belle épreuve en couleurs. Petites marges.

157. — *Lannes* (Le Maréchal), d'après Aubry. In-fol. en pied.

> Très belle épreuve en couleurs. Petites marges.

CHASSELAT (d'après)

158. — *Le Petit frère arrive de nourrice*, par Ch. Fr. Noël.

> Belle épreuve imprimée en couleurs. Marges.

CHEESMAN (P.)

159. — *Vénus*, d'après le Titien. In-fol. en larg.

> Très belle épreuve imprimée en bistre. Marges.

COLIBERT

160. — *Jeux d'enfants*. Ovale in-8.

> Belle épreuve imprimée en bistre. Grandes marges.

161. — La même estampe.

> Très belle épreuve imprimée en couleurs. Marges.

CONYERS (d'après Julia)

162. — *L'Heure du berger*. — *Le Coin du feu*. Deux pièces faisant pendants gravées par Benoist. In-4 en larg.

> Belles épreuves, imprimées en couleurs. Petites marges.

COQUERET

163. — *Moreau* (Le Général), d'après Hilaire Le Dru. In-fol. à la manière noire.

> Belle épreuve. Marges.

164. — *Les Ennuyés chez eux, " Intérieur du Café Procope "*, d'après Carle Vernet.

> Très belle épreuve avant toutes lettres, imprimée en couleurs. Grandes marges.

165. — La même estampe.

> Belle épreuve avant toutes lettres. Grandes marges.

COSSE (d'après)

166. — *The Family distress occasioned by the loos of a Child. — The Family's Happiness restored by their Childs return.* Deux pièces faisant pendants gravées par Clément. In-fol. en larg.

> Superbes épreuves, imprimées en couleurs. Grandes marges.

COSTUMES. COIFFURES. MODES.

167. — **Cabinet des Modes,** du 15 Novembre 1785 au 1ᵉʳ Novembre 1786. Vingt-quatre livraisons avec planches coloriées. In-8, cart. satin.

> Incomplet du titre du 1ᵉʳ cahier et de la 1ʳᵉ planche du Vᵉ cahier.

168. — **Magasin des Modes nouvelles, françaises et anglaises,** du 20 Novembre 1786 au 10 Novembre 1787. Trente-six cahiers avec planches coloriées et en noir. In-8, cart. toile.

> Texte incomplet et soixante-et-onze planches noires et coloriées.

COSTUMES. COIFFURES. MODES.

169. — **Magasin des Modes nouvelles, françaises et anglaises,** 1786-1787, seconde année. Trente-six
cahiers avec planches coloriées. *On souscrit à Paris et à Liège,* 2 vol. in-8, rel. satin.

> Manque la planche unique du 18ᵉ cahier : *Déjeuner à l'an-
> glaise,* et celle du 28ᵉ cahier : *Berline à l'anglaise.*

170. — *Observations sur les modes et les usages de Paris,* pour servir d'explications aux 115 caricatures
publiées sur le titre de **Bon genre** depuis le commencement du dix-neuvième siècle. *Paris, chez
l'éditeur,* 1827, pet. in-fol. demi-rel. chag. br., av.
coins.

> Très bel exemplaire, avec les titres, faux-titres et texte
> imprimé. (Quelques légères restaurations dans les marges et
> les coins de huit planches, deux seulement atteignent les
> gravures).

171. — *Le Bon genre.* Cinquante pièces.

> Belles épreuves coloriées. Marges inégales.

172. — *Suprême bon ton,* nᵒˢ 5, 8, 11, 22, 25, 27, 28. Sept
pièces.

> Belles épreuves coloriées.

173. — *Le Suprême bon ton actuel,* nᵒ 2. — *Serment des
Calicots.* Deux pièces.

> Belles épreuves coloriées.

COSWAY (d'après R.)

174. — *La Tendre mère.* A Paris, chez Fatou.

> Belle épreuve imprimée en bistre et rehaussée de couleurs.
> Petites marges.

COYPEL (Charles)

175. — *Bacchus et Ariane*, terminé par Audran. In-fol. en larg.

>Très belle épreuve avant toutes lettres. Marges.

COYPEL (d'après Ch.)

176. — *Jeu d'enfants*, par Lépicié. In-fol. en larg.

>Belle épreuve. Marges.

DARDEL (d'après)

177. — *Sacrifice à l'Amitié.* — *Sacrifice à l'Amour.* Deux pièces ovales faisant pendants, gravées par Tourcaty.

>Très belles épreuves à la sanguine. Marges.

DAVID (H.)

178. — *L'Eté : Le Chaud amoureux.* — *L'Hyver : L'Amoureux transi.* Deux pièces d'après I. Lagniet.

>Belles épreuves.

DEBUCOURT (P. L.)

179. — *Les Deux baisers*, 1786. (M. F. 7).

>Superbe épreuve imprimée en couleurs. Sans marges de trois côtés.

180. — *Le Compliment ou la Matinée du jour de l'An.* — *Les Bouquets ou la Fête de la grand'maman.* Deux pièces faisant pendants (15-16).

>Superbes épreuves imprimées en couleurs. Marges.

181. — *La Promenade publique.* 1795 (33).

>Très belle épreuve imprimée en couleurs. Grandes marges.

DEBUCOURT (P. L.)

182. — *Réception du Décret du 18 floréal*, par Augustin Legrand. (44)

> Belle épreuve. Petites marges.

183. — *Jouis tendre mère.* (58). In-fol. à la manière de lavis.

> Très belle épreuve. Grandes marges.

184. — *Ils sont heureux* (59).

> Très belle épreuve. Marges.

185. — *La Coquette et ses filles, ou une Mère à la mode* (149).

> Très belle épreuve en couleurs. Petites marges.(Mouillures).

186. — *Les Galans surannés, ou les Petits papas à la mode.* 1804 (165).

> Belle épreuve en couleurs. Marges.

187. — *Les Courses du matin ou la porte d'un riche.* 1805 (173). In-fol. en larg.

> Très belle épreuve. Grandes marges.

188. — *Barrière de Bercy. — Barrière de Charenton.* Deux pièces gravées à la manière de lavis d'après Palaiseaux. (206-208).

> Très belles épreuves. Grandes marges.

189. — *Barrière de Bercy. — Barrière de Charenton.* Deux pièces d'après Palaiseaux (206-208).

> Belles épreuves imprimées en couleurs.

DEBUCOURT (P. L.)

190. — *Barrière des Champs-Elysées* (207).
Très belle épreuve imprimée en couleurs. Sans marges.

191. — *L'Innocence du Jour*. 1810 (218).
Très belle épreuve. Grandes Marges.

192. — *Adieux d'un Russe à une Parisienne* (339).
Le Cosaque galant (340).
Officiers Anglais et Ecossais (341)
Officiers Prussiens (342).
Tambours Russe et Anglais (343).
Militaires de la Garde Impériale Russe et Allemande (344).
Militaires Ecossais (345).
Famille écossaise (346).
Grenadier et Tambour de la Garde Nationale Parisienne (347).
Tambour major et Sapeur de la Garde Nationale Parisienne (348).
Officier et Grenadier de la Garde Royale Française (349).
Militaires Anglais (350).
Cosaques au Bivac (351).
Le coup de Vent (352).

Réunion de quatorze pièces, formée par les 2 dernieres de la 1re livraison et les livraisons 2 et 3 ; on y a joint le texte imprimé et la couverture de la 2e.

Superbes épreuves imprimées en couleurs, en feuilles non ébarbées, de la plus grande fraîcheur. Très rare.

193. — La couverture seule, à toutes marges, non ébarbées.

DEBUCOURT (P. L.)

194. — *Le Courrier Anglais*, d'après Horace Vernet (370).
> Très belle épreuve imprimée en couleurs, à toutes marge.

195. — *La Partie de plaisir*, d'après Carle Vernet (388).
> Belle épreuve imprimée en couleurs. Petites marges.

196. — *Inutile Précaution*, d'après Carle Vernet (390).
> Superbe épreuve imprimée en couleurs. Sans marges

197. — *Retour des Champs*, d'après Carle Vernet (408).
> Très belle épreuve, imprimée en couleurs. Grandes marges.

198. — *Marchand de Vins des environs de Rome*, d'après Carle Vernet. In-fol. (411).
> Très belle épreuve imprimée en couleurs. Marges.

199. — *Le Joueur de Cornemuse*, d'après C. Vernet (414).
> Belle épreuve imprimée en noir. Grandes marges.

200. — *Costumes polonais* 1817. Titre et trente-deux planches (425 à 474.) In-4 cart.
> Belles épreuves imprimées en couleurs.

201. — *Départ du Roi (Louis XVIII)* de Lille le 23 mars 1815, d'après le tableau de M. le Chevalier de Basserode (487).
> Très belle épreuve avant toutes lettres, en feuille.

202. — La même estampe.
> Très belle épreuve avec la lettre à toutes marges.

203. — *Le Drapeau* (489).
> Très belle épreuve imprimée en couleurs. Marges.

DEBUCOURT & VERNET (C. et H.)

204.— *Les Gastronomes affamés.*— *La Fin des Gastronomes. — Les Gastronomes en jouissance. —
Les Gastronomes sans argent.* — Suite de quatre
pièces gravées par Debucourt, Coqueret et Comma-
rieux.

Très belles épreuves imprimées en couleurs. Grandes
marges.

205. — *Le Gastronome sans argent..*

Epreuve au trait. Rare.

DEMARNE (d'après)

206. — *La Promenade du Matin*, par Morret. In-fol. en
larg.

Très belle épreuve imprimée en couleurs. Grandes
marges.

207 — *La Promenade du soir*, par P. M. Alix.

Epreuve imprimée en couleurs. Sans marges.

DEMARTEAU (Gilles)

208. — *Petit Ange appuyé sur une draperie la tête
légèrement renversée en arrière.* Cadre rouge,
d'après Fr. Boucher. In-4 (N° 219).

Très belle épreuve aux crayons de couleurs. Sans marges.

209 — *Bergeret* (M') assis dans son cabinet, d'après H.
Fragonard (251).

Très belle épreuve à la sanguine. Petites marges.

210. — *La Laitière*, d'après J.-B. Huet (407).

Très belle épreuve aux crayons de couleurs. Sans marges.

DEMARTEAU (Gilles).

211. — *La Laitière*, d'après J.-B. Huet (N° 407).

> Très belle épreuve imprimée en couleurs. Sans marges.

212. — *Bergère assise et deux Amours*, d'après Le Barbier l'aîné (N° 423).

> Très belle épreuve imprimée en couleurs. Petites marges.

213. — *Le Mouton chéri*, d'après Demarteau (N° 434).

> Très belle épreuve aux crayons de couleurs. Petites marges.

214. — *Le Satyre refusé*, d'après Ph. Caresme (N° 543).

> Très belle épreuve aux crayons de couleurs. Petites marges.

215. — *Petite pastorale*, d'après J.-B.-Huet (N° 586).

> Très belle épreuve imprimée en couleurs. Petites marges.

216 — *Grande pastorale*, d'après J.-B. Huet (N° 602)

> Superbe épreuve imprimée en couleurs. Grandes marges.

217. — *Le Printemps*. — *L'Eté*. — *L'Automne*. — *L'Hiver*. Suite de quatre pièces en larg., d'après J.-B. Huet (632-635).

> Superbes épreuves imprimées en couleurs. Marges.

DESCOURTIS

218. — *Le Départ de l'enfant prodigue*. — *L'Enfant prodigue en débauche*. Deux pièces d'après Taunay. In-fol.

> Très belles épreuves imprimées en couleurs. Grandes marges (une est tachée et restaurée.)

DESCOURTIS

219. — *Vue de la Chapelle de Guillaume Tell, dans le canton de Schweiz.* In-4 en larg., d'après Fuesly.

Très belle épreuve, imprimée en couleurs. Marges.

DICKINSON (W.)

220. — *Her grace the Dutchess of Devonshire and Viscountess Duncannon.* Ovale in-fol. d'après Ang. Kauffman.

Belle épreuve.

221. — *Malvina*, d'après Elisabeth Harvey. 1809. In-fol. à la manière noire.

Très belle épreuve, *avec la lettre blanche.* Marges.

DROLLING (d'après)

222. — *La Marchande d'oranges.* — *Le Marchand de Mouchoirs.* Deux pièces faisant pendants, gravées par Paul Legrand. Gd in-fol. en larg.

Belles épreuves imprimées en couleurs. Marges.

DUTAILLY (d'après)

223. — *L'Admiration de l'Antique*, par Prot. In-fol.

Très belle épreuve imprimée en couleurs. Sans marges.

EARLOM (Richard)

224. — *Le Sommeil de Bacchus*, d'après Luca Giordano. In-fol. à la manière noire.

Très belle épreuve avant la lettre. Marges.

ECOLE ANGLAISE

225. — *Hodgson* (Jacques), mathématicien. In-4 à la manière noire.

    Très belle épreuve.

226. — *Portrait de femme accoudée à une console et tenant un médaillon à la main.* In-fol. à la manière noire.

    Très belle épreuve avant toutes lettres et la tablette inachevée. Rare.

ECOLE FRANÇAISE

227. — *Jeune fille poursuivie par un chien.* Deux pendants.

    Superbes épreuves avant toutes lettres imprimées en couleurs. Marges.

EISEN (d'après Ch.)

228. — *Les Plaisirs Champêtres*, par De Longueil. In-4.

    Très belle épreuve avant le N·, à toutes marges.

ESBRARD

229. — *Poniatowski* (Le Prince) à cheval. In-4.

    Epreuve en couleurs. (Manque de conservation).

ESNAULT et RAPILLY (à Paris chez)

230. — *Veüe et Perspective en général du Château Royal de Vincenes (sic), du côté du Parc à une lieüe de Paris.* In-fol. en larg.

    Belle épreuve en couleurs.

FAIRBURN (Publ. by John)

231. — *Emblems of Air, Earth, Fire, Water.* Suite de quatre pièces in-4, 1799.

> Belles épreuves imprimées en noir et rehaussées de couleurs. Petites marges.

FESSARD (Et.)

232. — *Bal de Saint-Cloud*, d'après Et. Poussin, in-fol. en larg.

> Belle épreuve en couleurs. Marges.

FRAGONARD (d'après H.)

233. — *Ma chemise brûle!...* par Augustin Legrand.

> Très belle épreuve imprimée en couleurs. (Restauration dans la marge du haut).

FRAGONARD et Mlle GÉRARD (d'après)

234. — *L'Enfant chéri. — Le Premier pas de l'Enfance.* Deux pièces faisant pendants, gravées par G. Vidal, in-fol. en larg.

> Très belles épreuves. Marges.

FULTON (d'après)

235. — *Mary Quen of Scotts.* In-fol. à la manière noire, par Ward.

> Très belle épreuve. Petites marges.

GARVISE (A.)

236. — *Vue du château de Saint-Cloud.*

> Belle épreuve en couleurs. Petites marges.

GAUFFIER (d'après)

237. — *Vénus et Diane*, par M. Blot.

Très belle épreuve imprimée en couleurs. Marges.

GAUTIER (Jacques)

238. — *Pêches sur une table.*

Très belle épreuve imprimée en couleurs, signée dans la gravure : I. Gautier. P. e Fecit, sans date. (Vers 1740). Marges.

Cette estampe que l'on peut considérer comme un incunable de l'impression en couleurs est de Jacques Gautier, d'après sa peinture originale. Comme procédé, une planche noire comme fond de dessin et trois impressions superposées : bleu, jaune et rouge.

Excessivement rare.

GAUTIER-DAGOTY (Edouard)

239. — *Dites donc s'il vous plaît*, d'après H. Fragonard. Ovale in-fol. en larg. (Haut. 0^m 36, larg. 0^m 44 1/2).

Epreuve imprimée en couleurs, coupée à l'ovale, collée sur toile avec châssis et vernie.

Cette estampe doit être une de ses premières productions, on peut la dater dans les environs en 1775. Elle est de beaucoup supérieure à tout ce que son père et ses frères ont produit.

Edouard Dagoty, sixième fils de Jacques Gautier, fut le meilleur graveur de la famille. C'est le fils aîné, Jean-Baptiste-André qui le premier ajouta à son nom de Gautier, celui de sa grand' mère, Dagoty.

GAUTIER-DAGOTY (Edouard)

240. — *Alexandre et son médecin*, d'après Eust. Le Sueur, médaillon. Gd in-fol. (Diam. 0.64).

Splendide épreuve imprimée en couleurs, avec ces légendes gravées dans la composition.

Peint par le Sueur, du Palais d'Orléans.
Gravée par Edouard Dagoty, à Paris.
Imprimée par Labrélis. **Nº 3.**
Le Tableau d'Eustache Le Sueur faisait partie de l'incomparable collection du Palais-Royal ; il a été gravé au burin en 1711, par Benoit Audran, avec la légende suivante :

Alexandre étant tombé malade et ayant receu avis de Parmenion que Philippe son médecin devait l'empoisonner, ne laisse pas de prendre avec confiance la coupe qu'il lui présente et, dans le temps qu'il porte à sa bouche, il lui remet entre les mains la lettre de Parmenion. Une prompte guérison justifia le médecin et ce Prince fit voir par sa fermeté que les grandes âmes sont si éloignées de certains crimes, qu'elles ne sauraient même en concevoir le soupçon dans les autres.

Ce tableau a encore été gravé par Robert De Launay dans le 3ᵉ vol. de la " Galerie du Palais Royal " par Couché. Paris, 1786-1806, 3 vol. in-fol.

Edouard Dagoty avait entrepris, en 1780 à Paris, la gravure en couleurs d'une collection de cinquante toiles de maîtres, au prix de souscription de 900 livres. La première distribution composée de douze planches fut faite à la fin de l'année 1781, elle comprenait cinq reproductions de la Galerie d'Orléans mais non pas " Alexandre et son médecin ".

Au début de 1782, ses affaires ne lui ayant pas réussi, il alla habiter Florence, où il continua la reproduction des peintures de maîtres, c'est ainsi que nous connaissons de lui, outre les douze premières estampes : *Le Repos en Egypte*, d'après le Corrège, *La Vierge à la chaise*, d'après Raphaël, et la *Conjuration de Catilina*, d'après Salvator Rosa.

Nous supposons donc que l'estampe d'après Eust. Le Sueur, " Alexandre et son médecin ", *d'autant plus intéressante qu'aucun auteur ne l'a jamais signalée*, devait faire partie de la seconde distribution qu'il préparait à Florence et le chiffre 3, porté dans l'angle inférieur, donne un grand poids à cette supposition.

Au surplus, la mort enleva peu après Edouard Dagoty, et les quatre estampes ne durent jamais être tirées à grand nombre ; les quelques exemplaires connus doivent être des épreuves d'état.

Du reste, même à plein tirage, il ne tirait qu'à trois cents.

L'Imprimeur d'*Alexandre et son médecin* est *Labrelis* ; c'est

le même donc qui a imprimé le portrait en couleurs
d'Edouard Dagoty gravé par Lasinio d'après la peinture de
Heinsius, et non *Kanchsius* comme on l'écrit toujours et à
tort.

Nota : Nous devons les quelques notes biographiques et iconographiques
ci-dessus à l'extrême obligeance de monsieur A Vuaflard, qui travaille en ce
moment à une étude sur les graveurs d'estampes en couleurs du XVIII⁰ siècle.

GAUTIER

241. — *Dessault* (P. J.), chirurgien, d'après Kimly. —
Dubois (Ant.), médecin, d'après Boilly. Deux portraits in-4.

Belles épreuves imprimées en couleurs. Marges.

GEILLE

242. — *Lafayette* (Le général). In-4.

Très belle épreuve *avec la lettre grise*. Marges.

GÉRARD (d'apres Marg.)

243. — *Souvenir d'amour*, par H. Gérard. In-fol.

Très belle épreuve *avec la lettre blanche*. Grandes marges.

GREEN (Val.)

244. — *Epaminondas*, d'après B. West. Gr. in-fol. à la
manière noire.

Très belle épreuve avant la lettre. Marges.

245. — *Le Satyre et le Voyageur*, d'après Jordaens, in-fol.
à la manière noire.

Très belle épreuve. Marges.

GREUZE (d'après J.-B.)

246. — *L'Enfant gâté*, par Maleuvre.

> Très belle épreuve avant la lettre. Marges.

247. — *Expressions of Kindness (L'oiseau mort)*. Ovale
in-4.

> Très belle épreuve imprimée en couleurs. Marges.

248. — *La Mère bien aimée*, par Massard. In-fol.

> Très belle épreuve. Marges. Signée au verso par Greuze
et Massard.

249. — *Le Silence*, par Claude Donat Jardinier.

> Très belle épreuve avant toutes lettres. Petites marges.

GUYOT

250. — *Bas-relief antique*. Deux pièces faisant pendants,
d'apres L. Heince. In-4, en larg;

> Très belles épreuves imprimées en couleurs. Marges.

251. — *La Leçon interrompue*. — *Autel de la Fidélité*.
— *Le Bouquet sacrifié*. — *Offrande à l'Amitié*.
— *Vénus désarmant l'Amour*. Cinq petits médail-
lons tirés sur la même feuille.

> Très belle épreuve imprimée en couleurs. Marges.

252. — *Paysages*. Deux pièces ovales faisant pendants,
d'après Robert.

> Belles épreuves imprimées en couleurs, rognées à l'ovale,

GUYOT

253. — *La Grande Vue en face du château.*
Vue d'une Fabrique Gothique.
Vue du Temple de la Philosophie moderne.
Vue de la Maison du Vigneron.

> Collection de quatre vues prises dans le *parc d'Ermenonville*, avec le texte imprimé.
> Superbes épreuves, imprimées en couleurs à toutes marges.

HAMILTON (d'après W.)

254. — *Hay-Making*. In-4 ovale, par J. Barney.

> Très belle épreuve imprimée en bistre et en couleurs. Marges.

255. — *Hunt the Slipper*, par P. F. Legrand. Ovale in-4.

> Très belle épreuve imprimée en couleurs, à toutes marges.

256. — *July*, par Fr. Bartolozzi.

> Très belle épreuve imprimée en couleurs. Sans marges et remmargée, avec légende à la plume.

257. — *Playing at Marbles.* — *Playing at Thread the Needle*. Deux pièces ovales faisant pendants gravées par Fr. Bartolozzi.

> Très belles épreuves en couleurs. Petites marges.

HARRIET (d'après F. J.)

258. — *Le Thé Parisien*. Suprême bon ton au commencement du 19ᵉ siècle, par Adrien Godefroy.

> Très belle épreuve imprimée en bistre, à toutes marges.

HOPPNER (d'après J.)

259. — *Mary* (Her Royal Highness Princess). — *Wales* (Her Royal Highness Princess). Deux portraits faisant pendants gravés par B. Bonata. In-4.

Epreuv' imprimées en couleurs.

IIUBER

260. — *Voltaire*. Trente-cinq têtes différentes gravées à l'eau-forte sur la même feuille, 1780.

Belle épreuve.

261. — *Voltaire à table et ses amis*. Eau-forte in-4.

Belle épreuve, tirée sur papier bleu, à toutes marges.

HUCK (J. G.)

262. — *Die Heilige Katharina*, d'après le Guerchin. In-fol. à la manière noire, 1797.

Belle épreuve. Grandes marges.

IIUET (d'après (J.-B.)

263. — *Les Adieux du fermier*, par Jubier.

Très belle épreuve imprimée en couleurs. Petites marges.

264. — *L'Amant écouté*. — *L'Eventail cassé*. Deux pièces faisant pendants gravées par L. Bonnet. In-4.

Très belles épreuves imprimées en couleurs. Marges.

265. — *L'Amant écouté*, gravé à la manière noire par F. E. Haid.

Très belle épreuve. Petites marges.

HUET (d'après J.-B.)

266. — *L'Amant pressant*, par A. Legrand. In-4.

Très belle épreuve imprimée en couleurs. Marges.

267. — *L'Amour dévoile les yeux de l'Innocence et lui montre l'amitié de deux tourterelles. — L'Innocence reçoit de l'Amour deux colombes pour exemple de douceur et de fidélité.* Deux pièces ovales faisant pendants gravées par F. J. Wolff. In-4. *A Paris, chez Bance.*

Epreuves imprimées en couleurs. Marges.

268. — *L'Amour fait l'offrande de son cœur à Vénus,* par L. Bonnet. In-4.

Très belle épreuve imprimée en couleurs, petites marges.

269. — *L'Amour offrant des présents à Ariane. — Offrande présentée par l'Amour à l'Amitié.* Deux pièces faisant pendants, gravées par L. Bonnet.

Superbes épreuves imprimées en couleurs. Très grandes marges.

270. — *L'Amour offrant des présents à Arianne,* par Bonnet.

Belle épreuve imprimée en couleurs. Petites marges.

271. — *Le Beau miroir. — La Toilette en désordre.* Deux pièces ovales faisant pendants, gravées par L. Bonnet.

Très belles épreuves imprimées en couleurs. Petites marges.

HUET (d'après J.-B.)

272. — *La Bergère aimée des fruits d'Amour après le mariage*, par Daymair. In-4 en larg.

> Très belle épreuve imprimée en couleurs. Petites marges.

273. — *Buste de Jeune femme*, par L. Bonnet. In-fol. (N° 916).

> Belle épreuve.

274. — *Départ pour le Siège de la Bastille. — La Petite attaque de la Bastille.* Deux pièces faisant pendants, gravées par L. Bonnet.

> Très belles épreuves imprimées en couleurs. Petites marges.

275. — *La Douceur et l'Amitié enchaînent l'Amour. — La Fidélité couronne l'Amour.* Deux pièces ovales faisant pendants, gravées par F.-J. Wolff. In-4.

> Très belles épreuves imprimées en couleurs. Petites marges.

276. — *La Fidélité couronne l'Amour*, par F.-J. Wolff. Ovale in-4.

> Superbe épreuve imprimée en couleurs. Grandes marges.

277. — *L'Heureux chat*, par L. Bonnet. In-4.

> Très belle épreuve imprimée en couleurs. Marges.

278. — *Les Lapins. — Vue des environs de Bezons.* Deux pièces par L. Bonnet. In-4.

> Belles épreuves imprimées en couleurs. Petites marges.

HUET (d'après J.-B.)

279. — *Les Laveuses*, par Jubier. In-4 en larg.

> Très belle épreuve imprimée en couleurs. Petites marges.

280. *L'Oiseau échappé. — L'Oiseau attrapé. A Paris, chez l'auteur*. Deux pièces in-4 faisant pendants.

> Très belles épreuves imprimées en couleurs. Petites marges. (Petites déchirures dans la marge du bas).

281. — *La Petite Voiture*, par G. Demarteau.

> Très belle épreuve aux crayons de couleurs.

282. — *La Troupe Ambulante des rues de Paris*, par L. Bonnet.

> Très belle épreuve imprimée en couleurs. Petites marges.

283. — *Le Souper*, par L. Bonnet.

> Superbe épreuve imprimée en couleurs. Grandes marges.

IMAGERIE POPULAIRE

284. — *Les Quatre parties du Jour*. Suite de quatre pièces in-fol. en larg., publiées sous Louis XV.

> Belles épreuves en couleurs.

285. — *Histoire de l'Enfant prodigue*. Suite de quatre pièces in-fol. en larg. publiées sous Louis XV.

> Belles épreuves en couleurs.

286. — *Le Berger entreprenant. — La Balançoire. — Le Pied de bœuf*. Trois pièces gravées par Legrand et Zonelly d'après Boucher.

> Epreuves coloriées.

IMAGERIE POPULAIRE

287. — *Portraits des Généraux commandant les Armées de la République française, de terre et de mer.* Deux feuilles. *A Orléans, chez Letourmi.*

Epreuves coloriées.

288. — *Grands costumes des membres du Conseil et du Directoire national de France.* Deux feuilles. *A Orléans, chez Letourmi.*

Epreuves coloriées.

289. — *Le Général Berthier à la teste des troupes Françaises en Italie, chasse les troupes de l'Empereur de Mantoue.* Deux feuilles. *A Orléans, chez Letourmi.*

Epreuves coloriées.

290. — *Buonaparte, à la teste des armées, accompagné de ses officiers généraux et de ses grenadiers, faisant route pour la descente en Angleterre, an 6* (1798). Deux feuilles. *A Orléans, chez Letourmi.*

Epreuves coloriées.

INCROYABLES (Pièces sur les)

291. — *L'Anglomane,* par Darcis, d'après C. Vernet.

Très belle épreuve en couleurs. Grandes marges.

292. — *Arrivée des remplaçans, ou tableau de Paris et de la France en Floréal.— Départ des remplacés.* Deux pièces faisant pendants.

Très belles épreuves en couleurs. Grandes marges.

INCROYABLES (Pièces sur les)

293. — *Le Contraste,* par Auvray, d'après Le Clerc.

Belle épreuve en couleurs. (Pli et raccommodage à la marge de droite).

294. — *Les Incroyables,* par Darcis, d'après C. Vernet.

Très belle épreuve en couleurs. Grandes marges.

295. — *Les Marionettes,* par Guyard.

Très belle épreuve en couleurs. Marges. (Raccommodages dans la marge du bas).

296. — La même estampe.

Belle épreuve en noir. Marges.

297. — *Les Merveilleuses,* par Darcis, d'après C. Vernet.

Très belle épreuve en couleurs. Grandes marges.

298. — *Quel est le plus ridicule? 1789-1796-1801.* A Paris, chez Martinet.

Très belle épreuve en couleurs. Grandes marges.

JANINET (Fr.)

299. — *Adam et Eve,* d'après Bounieu. In-4.

Très belle épreuve imprimée en couleurs. Sans marges.

300. — *L'Arrêt du Destin,* d'après Brion de la Tour. Ovale in-fol.

Splendide épreuve imprimée en couleur avant toutes lettres. Grandes marges. Très rare.

JANINET (Fr.)

301. — *Bacchus préside à la fête*, d'après Ph. Caresme.

Superbe épreuve imprimée en couleurs. Toutes marges, non ébarbées.

302. — *La Chaumière flamande*, d'après Ostade.

Belle épreuve imprimée en couleurs. Sans marges.

303. — *La Crainte Enfantine*, d'après S. Freudenberg.

Très belle épreuve imprimée en couleurs. Marges.

304. — *Les Crêpes. " Intérieur Hollandais "*. In-8 en larg.

Superbe épreuve avant toutes lettres, imprimée en couleurs. Marges. " Dans la gravure: les initiales *J. A. 1783* ".

305. — *Le Berger couronné*, d'après Ph. Caresme. In-4.

Très belle épreuve imprimée en couleurs. Grandes marges.

306. — *La Noce de Village*, d'après P.-A. Wille. In-fol. en larg.

Très belle épreuve imprimée en couleurs. Marges.

307. — *L'Oiseau privé*, d'après Lagrenée. In-fol.

Epreuve imprimée en noir à grandes marges avec l'adresse de : *A Paris, chez Lenormant*.

308. — *Paysage*, d'après Louis Moreau.

Belle épreuve imprimée en couleurs. Sans marges.

309. — *Le Sommeil d'Ariane*, d'après Charlier.

Superbe épreuve imprimée en couleurs. Grandes marges.

JANINET (Fr.)

310. — *Tête de femme*, d'après Suivé. In-fol.

> Très belle épreuve aux crayons de couleurs, sur papier bleu. Petites marges.

311. — *Les Trois Grâces*, d'après Pellegrini.

> Très belle épreuve imprimée en couleurs, *avec la guirlande de roses*. Sans marges.

312. — *Vénus en réflexion*, d'après Charlier.

> Superbe épreuve imprimée en couleurs. Marges.

313. — *Villa Sachetti. — Villa Madame*. Deux pièces faisant pendants d'après Hubert Robert. In-fol. en larg.

> Très belles épreuves imprimées en couleurs. Marges.

314. — *Vue du Champ-de-Mars, à l'instant où le Roi, les députés à l'Assemblée Nationale et les Fédérés réunis y prononcent le Serment civique, le 14 Juillet 1790*, d'après Meunier. In-fol. en larg.

> Belle épreuve imprimée en couleurs. (Sans marges des deux côtés).

315 — *Vue du Collège royal*. In-4 en larg.

> Belle épreuve imprimée en couleurs. Petites marges.

316. — *1er, 2e, 3e, 7e, 9e et 10e Cahiers de Principes de dessin d'après Nature*, faits par Th. Le Clerc et gravés par J.-F. Janinet. *A Paris, chez Le Père et Avaulez*. S. d. In-4 obl. cart.

> Trente-deux pièces en noir et en sanguine. Six sont avant la lettre.

JAZET

317. — *Bivouac des Cosaques aux Champs-Elysées, à Paris le 31 mars 1814*, d'après Sauerweid. In-fol. en larg.

Très belle épreuve imprimée en couleurs. Marges. (Léger grattage au milieu de l'estampe).

318. — *Incendie*, d'après N. Gosse. In-fol. en larg.

Très belle épreuve imprimée en couleurs. Grandes marges.

LAMBERT (d'après)

319. — *Guillaume Tell*, par Augustin Le Grand. In-fol. en larg.

Belle épreuve imprimée en couleurs. Marges.

LAVREINCE (d'après N.)

320. — *L'Aveu difficile*, par Fr. Janinet. (E. B. 8).

Très belle épreuve imprimée en couleurs. Sans marges.

321. — *La Balançoire mystérieuse*, par Vidal.(9).

Très belle épreuve. Petites marges.

322. — *La Comparaison*, par F. Janinet, 1786. (12).

Superbe épreuve imprimée en couleurs, d'un tout premier tirage avant que les deux traités servant de limite aux mots *Janinet sculp.* n'aient été effacés. Petites marges. (Nous la croyons avant la lettre).

323. — *La Comparaison*, par Fr. Janinet, 1786. (12).

Très belle épreuve imprimée en couleurs. Grandes marges.

LAVREINCE (d'après N.)

324. — *Le Concert agréable*, par C. N. Varin (13).

Très belle épreuve à toutes marges, non ébarbées, *avec l'adresse de Depeuille.*

LAWRENCE (d'après Sir Thomas)

325. — *Master Lambton*. In-fol., sans nom de graveur.

Belle épreuve. Grandes marges.

326. — **Cabinet of Gems** with biographical and Descriptive memorials, by P. G. Patmore. *London*, 1837, in-4, cart.

Très bel exemplaire contenant les Douze portraits avant la lettre et légèrement rehaussés de couleurs ; rare.

LE CŒUR (à Paris, chez)

327. — *Colonne de la place du Grand Châtelet*. In-8.

Très belle épreuve en couleurs.

LE COMTE (d'après)

328. — *La Demande en mariage*. — *Célébration du mariage*. — *Le Retour de l'église*. — *Le Repas de noce*. Suite de quatre pièces gravées par Jazet in-fol. en larg.

Belles épreuves imprimées en couleurs. Marges.

329. — *Le Repas du soir*. 4ᵉ planche de la suite précédente.

Belle épreuve imprimée en couleurs. Marges.

LEGRAND (Augustin)

330. — *L'Etude de la Musique*. In-fol.

> Très belle épreuve imprimée en couleurs. Grandes marges.

LE PEINTRE (d'après)

331. — *La Fille surprise*, par Aug. Desnoyers, an VII.

> Très belle épreuve imprimée en couleurs. Marges. (Doublée).

332. — La même estampe.

> Très belle épreuve, avant toutes lettres. Grandes marges.

LE PRINCE (d'après J.-B.)

333. — *Dame russe*, par Bonnet (175).

> Très belle épreuve aux crayons de couleurs. Grandes marges.

334. — *Le Marchand de lunettes*, par Helman.

> Très belle épreuve avant la lettre, petites marges. (Doublée).

LE ROY (d'après)

335. — *Mlle Roᶾe*. Ovale in-4, par P. F. Legrand.

> Très belle épreuve en couleurs. Petites marges.

336. — *L'Attention*. — *La Dissipation*. Deux pièces ovales faisant pendants, gravées par P. F. Le Grand.

> Très belles épreuves imprimées en couleurs. Grandes marges.

LOUIS XVI et sa famille (Pièces sur)

337. — *Marie-Antoinette en Vestale*. Gravé par Alex. Tardieu, d'après F. Dumont, in-fol.

> Très belle épreuve avant la lettre. Grandes marges.

338. — *Marie-Antoinette*. Buste fort comme nature, gravé par G. Demarteau. Ovale in-fol.

> Très belle épreuve avant toutes lettres. Marges.

339. — *Louis XVI, roi des Français*, par Coutellier. 1878, in-fol.

> Belle épreuve. Petites marges.

340. — *Louis XVI. — M. Necker*. Deux médaillons sur la même feuille, gravés par J. Duplessis, d'après J. Ph. Duplessis.

> Belle épreuve imprimée à la sanguine. Petites marges.

341. — *Clotilde Adélaïde* (Mme), *Reine de Sardaigne, à genoux dans son oratoire*, gravé par Emili ?

> Belle épreuve avant toutes lettres. Grandes marges.

342. — *Provence* (Mme la Comtesse de). In-8, d'après Boze.

> Très belle épreuve avant toutes lettres. Marges.

343. — *Les Adieux de Louis XVI à sa famille*, d'après J. M. Moreau le Jeune.

> Très rare épreuve à l'eau-forte pure. Marges.

344. — *Famille Royale* (La). Cinq portraits réunis dans un ovale in-4.

> Très belle épreuve avant toutes lettres. Grandes marges.

MACHY (d'après de)

345. — *2ᵉ Intérieur de ferme*, par Mixelle l'aîné. In-4.

Belle épreuve imprimée en couleurs. Marges.

MALLET (d'après)

346. — *Le Bain d'Amour. — Le Lit d'Amour. — L'Amitié les ramène.* Trois pièces gravées par Prudhon fils.

Très belles épreuves, imprimées en couleurs. Marges.

347. — *Histoire de l'Amour.* Suite de six pièces en larg. gravées par Benoist, Dissard, Prot et Schenker.

Très belles épreuves imprimées en couleurs. Marges.

348. — *Iris rattachant ses ailes*, par J. P. Simon; in-fol.

Belle épreuve imprimée en couleurs. Marges.

349. — *La Récréation champêtre. — Le Travail.* Deux pièces faisant pendants gravées par Prot et Prudhon fils.

Belles épreuves imprimées en couleurs. Marges (doublées).

350. — *La Visite du matin*, par J. M. Mixelle. In-fol. en larg.

Très belle épreuve avec la lettre grise. Marges.

MALLET et GARNERAY (d'après)

351. — *La Toilette de la Mariée. — Le Lendemain de Noces.* Deux pièces en largeur faisant pendants, gravées par L. Garneray.

Belles épreuves imprimées en couleurs. Marges.

MARIAGE (L. F.)

352. — *Bacchus et Ariane. — Naissance de Bacchus.*
Deux pièces faisant pendants d'après Bertin et Bon
Boullongne. In-fol. en larg.
   Très belles épreuves, imprimées en couleurs. Marges.

MARIN (L.)

353. — *The Milk Woman.*
   Très belle épreuve imprimée en couleurs, rognée à l'ovale.

354. — *Nymphe de Flore. — Nymphe sortante* (sic) *du
bain.* Deux pièces faisant pendants d'après Barbier.
In-4, ovales.
   Très belles épreuves imprimées en couleurs. Petites marges.

355. — *Nymphe de Flore. — Nymphe sortante* (sic) *du
bain.* d'après Barbier. Ovales in-4.
   belles épreuves imprimées en couleurs, rognées à
l'ovale.

MERCIER (d'après Ph.)

356. — *See, with what warmth....* In-4, à la manière
noire par I. Faber.
   Très belle épreuve. Petites marges.

MODES, COSTUMES

357. — Galerie of Fashion de 1804 à 1827. Cent soixante-
dix-huit planches de costumes, réunies en 2 vol. in-8,
dem.-rel. chag. r. av. coins. *London, Ackermann.*
   Planches noires et coloriées.

MOITTE (d'après)

358. — *L'Education d'Achille. — La Course. — Je paye
l'intérêt de ma mauvaise mine.* Trois pièces en
forme de frises, gravées par Alix et Ridé.
   Belles épreuves imprimées en noir et en couleurs.

MONDHARE (A Paris, chez)

359. — *Les Amusements de la Jeunesse.*

Belle épreuve en couleurs. Marges.

MONGIN (d'après)

360. — *Vue du Château de St-Cloud du côté du Parc,* par Chapuy.

Très belle épreuve en couleurs. Grandes marges.

MONTY (A Genève, chez Fr.)

361. — *Vue de la vallée de Chamouni.* In-fol. en larg.

Belle épreuve en couleurs.
Restauration dans les marges.

MOREAU LE JEUNE (d'après J.-M.)

362. — *Les Petits Parrains,* par C. Baquoy et Patas. 1777.

Belle épreuve. Petites marges.

MORLAND (G.)

363. — *Coursing.* In-fol. en larg.

Très belle épreuve en couleurs.
La marge du haut est rognée.

MORLAND (d'après G.)

364. — *Children playing at Soldiers.* Gravé à la manière noire par G. Keating. In-fol. en larg.

Très belle épreuve. Petites marges.

MORLAND (d'après G.)

365. — *The Horse Feeder*, par J.-R. Smith, 1797. In-fol. en larg.

> Très belle épreuve imprimée en couleurs. Petites marges. (Doublée).

366. — *Les Petits maraudeurs*, par Colibert. In-fol. en larg.

> Très belle épreuve avant la lettre. Petites marges.

367. — *Prepanning a recruit. — Recruit deserted.* Deux pièces faisant pendants, gravées par Aug. Le Grand d'après G. Keating. In-fol.

> Très belles épreuves imprimées en couleurs. Marges.

368. — *Slave trade*, par J.-R. Smith. In-fol. en larg.

> Belle épreuve imprimée en couleurs. (La marge du bas est frottée).

369. — *Sun set, a View in Leicester Shire*, par J. Ward. In-fol. en larg.

> Superbe épreuve imprimée en couleurs. Petites marges.

MORRET

370. — *Chasse au Sanglier*, d'après Lemercier fils. In-4 en larg.

> Très belle épreuve imprimée en couleurs. Petites marges.

MOUCHET (d'après)

371. — *L'Illusion*, par Darcis. Ovale in-4.

Très belle épreuve avant toutes lettres. Seulement le nom du graveur tracé à la pointe. Grandes marges.

NAPOLÉON (Pièces sur)

372. — *Buonaparte*, nommé général en chef de l'Armée d'Italie en Ventôse an IV, puis Général en chef de l'Armée d'Angleterre, en Frimaire an VI. Gravé par Tassaert, d'après Hennequin. In-fol.

Très belle épreuve avec le nom *gravé en lettre blanche*. Petites marges.

373. — *Napoléon Bonaparte*. In-fol. en pied par Levachez, d'après Lefèvre.

Superbe épreuve imprimée en couleurs. Grandes marges.

374. — *Bonaparte à cheval*. Lithographie in-fol. de Janet-Lange, 1841.

Belle épreuve en couleurs. Sous verre.

375. — *Bonaparte*, Général en chef de l'Armée d'Italie. Ovale in-4, par P. M. Alix, d'après Appiani.

Très belle épreuve imprimée en couleurs. Rognée à l'ovale.

376. — *Napoleon*, gallorum primus imperator atque Rex Italiæ. — *Joséphine*, Impératrice des Français et Reine d'Italie. Deux portraits faisant pendants gravés par Buguet. In-4.

Très belles épreuves, imprimées en couleurs. Marges.

NAPOLÉON (Pièces sur)

377. — *Napoléon Ier et Joséphine*, en grand costume de cour, assis sous un dôme entouré de deux colonnes ornées de chapitaux.

> Curieuse pièce entièrement brodée au plumetis et or. Les figures dessinées et peintes à la gouache sur ivoire, avec cette légende :
> Vertus, talens, noblesse, amour, beauté, grandeur,
> Réunis par l'Hymen annoncent le Bonheur,
> La Paix à l'univers et la douce espérance
> Que leurs fils à jamais gouverneront la France.
> MANCHERAT DE LONGPRÉ.
> Pièce encadrée.

378. — *Napoléon Bonaparte*, 1er Consul. Ovale in-4, par P. M. Alix, d'après Appiani.

> Superbe épreuve imprimée en couleurs, rognée à l'ovale.

379. — *Bonaparte*, 1er Consul, en buste fort comme nature, par Cazenave. Ovale in-fol.

> Très belle épreuve avant la lettre, imprimée à la sanguine. Marges.

380. — *Bonaparte*, 1er Consul, en pied, le bras étendu en avant.

> Epreuve en couleurs sans marges. (Mauvaise conservation).

381. — *Bonaparte*, 1er Consul, par Morret, d'après Appiani. Ovale in-4.

> Très belle épreuve imprimée en couleurs. Rognée à l'ovale.

382. — *Bonaparte*, Premier Consul de la République française, représenté à cheval. *A Paris, chez Jean*. In-4.

> Belle épreuve en couleurs. Grandes marges.

NAPOLÉON (Pièces sur)

383. — *Napoléon Bonaparte*, Premier Consul, gravé à la manière de lavis, par Coqueret d'après Devouge. In-4.

Très belle épreuve. Petites marges.

384. — *Napoleone Buonaparte*. Engraved by Henry Richter, from the celebrated Bust by Ceracchi. In-fol.

Très belle épreuve. Petites marges.

385. — *Napoléon*, suivi de son état-major, gravé par Levachez, d'après C. Vernet. Gr. in-fol.

Superbe épreuve imprimée en couleurs.

386. — *Napoléon I*er, Empereur des Français, sacré à Paris, par le pape Pie VII, le 11 f. an 13. Terminé par Chaponnier. *A Paris, chez Girard*, graveur. In-fol.

Très belle épreuve. Grandes marges.

387. — *L'Heureux pressentiment*. Marie-Louise au piano, jouant à côté de la peinture de Napoléon. Par Moret, d'après Vexberg. In-fol. à la manière noire.

Très belle épreuve. Marges.

388. — *Roi de Rome* (Le). "Les vœux du Peuple Français accomplis par ce présent du ciel, le 20 Mars 1811", gravé d'après le tableau original de Callet. In-4.

Très belle épreuve imprimée en couleurs. Petites marges.

389. — *Reichstadt* (Le Duc de) représenté en pied en costume de hussard. Lithographie in-fol.

Superbe épreuve en couleurs, avant toutes lettres, sur papier de Chine. En feuille, non ébarbée.

NAPOLÉON (Pièces sur)

390. — *Napoléon* (Eugène), Vice-Roi d'Italie, par L. C. Ruotte, d'après le buste de Chinard qui appartient à S. M.

> Superbe épreuve imprimée en couleurs. Grandes marges.

391. — *Exhibition at Bullocks Museum of Bonepartes Carriage taken at Waterloo*, par Rowlandson. In-4 en larg.

> Très belle épreuve en couleurs. Grandes marges.

392. — *Flight of Buonaparte, from the Field of Waterloo, accompanied by his Guide. — Buonaparte's Carriage.* Deux pièces in-4 d'après Cruikshank.

> Belles épreuves en couleurs.

393. — *Napoléon dans un carrosse de gala se rendant à Notre-Dame.* In-fol. en larg.

> Belle épreuve coloriée. Sans marges dans le bas.

394 — *The Progress of the Empress Josephine*, par Woodward, 1808.

> Très belle épreuve en couleurs.

395. — *Revue de Bonaparte, Ier Consul, an IX (1800) dite Revue de Décadi*, gravée à l'eau-forte par Pauquet et terminée par Mécou. Gr. in-fol. en larg.

> Très belle épreuve légèrement rehaussée de couleurs, encadrée.

396. — *Rentrée de l'Armée française à Paris, après la campagne de 1805. Lith. de G. Engelmann.* In-fol.

> Belle épreuve en couleurs. Marges.

NAPOLÉON (Pièces sur)

397. — *Entrée de Napoléon Ier à Berlin, le 2 octobre 1806*, par F. Jugel d'après L. Wolf. In-fol. en larg.

Très belle épreuve, imprimée en couleurs. Marges.

398. — *Bataille d'Austerlitz dite la Bataille des trois Empereurs, qui eut lieu le 2 décembre 1806*, d'après un croquis fait sur les lieux, par W. H et A. F. H. *A Paris et à Berlin, chez J.-B. Schiavonetti.* In-fol. en larg.

Très belle épreuve en couleurs. Petites marges.

399. — *Bataille de Lutzen.* A Paris, chez Gallé. Gr. in-fol.

Epreuve en couleurs, encadrée.

400. — *Vue du beau portique élevé sur l'emplacement du pont tournant, au bout des Thuilleries, pour l'entrée de l'Empereur Napoléon 1er et de l'Impératrice son Auguste épouse Marie-Louise, archiduchesse d'Autriche, dans la ville de Paris, le 2 avril 1810.*

Très belle épreuve en couleurs. Grandes marges.

401. — *Le Départ de Napoléon pour l'Ile d'Elbe, le 20 avril 1814. — Arrivée de l'Empereur Napoléon à l'Ile d'Elbe.* Deux pièces faisant pendants, gravées par L. Beyer, d'après F. P. Reinhold. *A Vienne, chez Artaria.* In-fol. en larg.

Belles épreuves en couleurs. Petites marges.

402. — *Promenade du Roi de Rome,* dessiné d'après nature, gravé par D. In-4 en larg.

Belle épreuve. Sans marges.

NAPOLÉON (Pièces sur)

403. — *Après vous, Sire. — On ne passe pas. — Charleroi. — Montmirail.* Suite de quatre pièces in-fol. en larg.

> Epreuves en couleurs, encadrées.

NÉE

404. — *Chambre du cœur de Voltaire*, d'après Duthé.

> Belle épreuve à toutes marges.

NERBÉ

405. — *Familiarité dangereuse.*

> Belle épreuve. Marges.

OPIE (d'après John)

406. — *Adam* (William) Esq. In-fol. à la manière noire, par S. W. Reynolds.

> Très belle épreuve *avec la lettre blanche.*

ORME (E.)

407. — *Porteus* (The Right, Reverend Beilby). Lord Bishop of London. Gravé à la manière noire d'après M. Brown. In-fol.

> Belle épreuve. Marges.

OSTADE (d'après Ad. Van)

408. — *The indiscreet Flamand*, par Goepffert. Médaillon in-4.

> Belle épreuve imprimée en couleurs. Marges.

PARELLE (d'après M. A.)

409. — *La Belle Jambe*, par J. Gilbert.

Belle épreuve imprimée à la sanguine. Marges.

PARIS (Pièces sur)

410. — *Vue du Palais Royal, des Galeries et du Jardin*. Gravé par les frères Varin, d'après le Chevalier de Lespinasse. In-fol. en larg.

Belle épreuve. Marges.

411. — *Vue de Paris, prise du côté de Chaillot*; présenté et dédié à S. A. S. Madame la Duchesse de Chartres, par Ch. L. Zechender de Guerzensée. In-fol. en larg.

Belle épreuve en couleurs. (Déchirures dans les marges).

412. — *Paris, vue prise de la glacière*, dessiné et gravé par Himely.

Belle épreuve en couleurs. Petites marges.

PAROY (Comte de)

413. — *Danse de Bacchantes, 1786.* In-4.

Belle épreuve imprimée en deux tons, à toutes marges.

PAYE (d'après R. W.)

414. — *Boys playing at marbles.— Boys Playing at Pegtop.* Deux pièces faisant pendants gravées à la manière noire, par R. Pollard. In-fol. en larg.

Très belles épreuves. La 1re est sans marges sur trois côtés.

415. — *Child of Sorrow*, par Bartolonii. Ovale in-4.

Très belle épreuve imprimée en couleurs. Marges.

PICOT

416. — *Apollon et les Muses*, par Cypriani. In-fol. en larg.

> Belle épreuve. Marge.

417. — La même estampe.

> Très belle épreuve imprimée en couleurs. Petites marges.

PITOU (J.-B.)

418. — *Conjugal Peace*. Ovale in-4.

> Belle épreuve imprimée en couleurs. Petites marges.

PONCE (N.)

419. — *Les Illustres Français, ou tableaux histori-ques des grands hommes de France*, par N. Ponce, d'après les dessins de Marillier. Titre et quarante-trois portraits. *A Paris, chez l'auteur, s. d.*, in-4, demi-bas.

> Très belles épreuves.

PROUT (d'après S.)

420. — *Palais de Justice de Rouen*, par J. C. Stadler. In-fol.

> Très belle épreuve en couleurs. Sans marges sur les côtés.

PRUD'HON (d'après P. P.)

421. — *Les Petits Chiens*, par B. Roger.

> Très belle épreuve avant la lettre. Grandes marges (dou-blée).

QUEVERDO (d'après)

422. — *La Jouissance.* — *Le Repos.* Deux pièces faisant pendants gravées par Dambrun et Martini.

> Belles épreuves. Petites marges.

RAMBERG (d'après)

423. — *Le Marchand d'esclaves*. In-fol.

Belle épreuve en couleurs. Petites marges.

424. — *Le Retour du soldat*. In-fol. à la manière noire.

Belle épreuve en couleurs. Sans marges.

REGNAULT (N. F.)

425. — *Le Matin*. — *Le Soir*. Deux pièces.

Très belles épreuves avant la lettre, le nom de l'artiste tracé à la pointe. Petites marges.

426. — *La Nuit*.

Belle épreuve. Grandes marges.

RÉVOLUTION (Pièces sur la)

427. — *Le Prince de Lambesc aux Tuileries*. In-4.

Très belle épreuve imprimée en couleurs. Sans marges.

428. — *La Prise de la Bastille*. In-fol.

Très belle épreuve en couleurs. Sans marges.

429. — *Démolition de la Bastille*, le vendredi 17 Juillet 1789. Ovale in-4. *A Paris, chez Deny*.

Très belle épreuve en couleurs. Marges.

430. — *Ici l'on danse*. Vue de la décoration et illumination faite sur le terrain de la Bastille, pour le jour de la fête de la Confédération française, le 14 juillet 1790. *A Paris, chez Chereau*.

Belle épreuve coloriée. Marges.

RÉVOLUTION (Pièces sur la)

431. — *Les Mortels sont égaux...* (Portrait du général Lafayette). In-fol. en larg.

Très belle épreuve en couleurs. Marges.

432. — *Marche du Don Quichotte moderne pour la deffence du moulin des Abus.* (Mirabeau-Tonneau). In-fol. en larg.

Très belle épreuve en couleurs. Marges.

433. — *Barrière des Champs-Elysées.* " Premier may donné à la ville de Paris par l'Assemblée nationale qui supprime (*sic*) tous les droits d'entrées aux Barrières ". Voyez le décret du 19 février 1791. *Chez M^de Layrie, papetière, rue de Marivaux.* In-fol. en larg.

Très belle épreuve imprimée en couleurs. Grandes marges. (Léger raccommodage au côté gauche de l'estampe).

434. — *La Constitution lue au peuple Français.* In-fol. en larg.

Très belle épreuve en couleurs. Marges.

435. — *Les Femmes de la Halle, en route pour Versailles.* In-fol. en larg.

Très belle épreuve en couleurs. Sans marges.

436. — *La famille Royale passant sur la place Louis XV.* In-fol. en larg.

Très belle épreuve en couleurs Sans marges.

RÉVOLUTION (Pièces sur la)

437. — *Portraits des Personnages célèbres de la Révolution par François Bonneville, avec tableau historique et notice de P. Quénard, l'un des représentants de la Commune de Paris en 1789, et 1790. A Paris, chez l'auteur, 1796. 2 vol. in-4* dem.-rel. av. coins.

Exemplaire contenant cent un portraits et quatorze costumes par Duplessis-Bertaux.

438. — *Allégorie en pied, tenant le tableau des* **Droits de l'homme**, par L. F. Duruisseau, 1793, d'après Le Clerc.

Très belle épreuve imprimée sur fond bleu. Marges.

439. — *The tenth of August 1793.* Gr. in-fol. gravé à la manière noire, par R. Earlom, d'après Zoffani.

Belle épreuve (fatiguée).

440. — *The Glorious Victory obtained over the French Fleet, by the British Fleet under the Commandement* **Earl Howe** *on the first of June 1794,* par Fr. Weber. In-fol. en larg.

Très belle épreuve en couleurs. Marges.

441. — *La République aux mânes de Chalier et de Barra. — La Victoire aux mânes de Pelletier et de Marat.* Deux pièces ovales in-8 faisant pendants.

Belles épreuves imprimées en couleurs. Marges.

442. — *Le Conclusum de la diète.* Ovale in-8 à la manière noire.

Très belle épreuve à toutes marges.

RÉVOLUTION (Pièces sur la)

443. — *A Deputation from one of the popular Societies of France, endeavouring to persuade John Bull that he can do better without a head than with one !!* In-fol. en larg.

> Belle épreuve en couleurs. Marges.

444. — *Confederation or the first Fruits of Liberty !* d'après G. M. Woodward. In-fol. en larg.

> Très belle épreuve en couleurs. Marges.

REYNOLDS (d'après Sir Joshua)

445. — *Bingham* (The Honourable Miss). — *Spencer* (The Rᵗ Honourable Countess). Deux portraits faisant pendants gravés par B. Bonato. In-4.

> Epreuves imprimées en couleurs.

446. — *La Beauté sacrifiant aux Grâces*, par J.-B. Lucien. *A Paris, chez Chereau.*

> Très belle épreuve avant la lettre, imprimée à la sanguine. Marges.

447. — *Jeune enfant en prière,* par Delatre, sous la direction de Walker. Ovale in-4.

> Belle épreuve imprimée en couleurs. Petites marges.

448. — *Morning amusement,* par J. Grozer.

> Superbe épreuve imprimée en couleurs. Petites marges. Très rare.

449. — *La Petite rusée*, par J. F. Bause, 1784.

> Très belle épreuve. Marges.

REYNOLDS (S. W.)

450. — *Sandby* (Paul), d'après W. Beechey, à la manière
noire.

Belle épreuve. Marges.

RIDÉ

451. — *Lavallière* (Mlle de), gravé d'après le tableau
original de Carolus Lebrun, aux Carmélites. In-fol.

Très belle épreuve imprimée en couleurs (doublée).

RIGAUD

452. — *Recueil contenant cinquante vues de Paris et
de ses environs, châteaux, résidences royales,
etc.* In-fol., dem.-bas.

Très belles épreuves *coloriées du temps*. Très rare.

ROUSSEAU (d'après)

453. — *Les Chiens chéris. — Le Dénicheur de Canards.
— Les Enfants désolés. — Les Enfants joyeux.*
Suite de quatre pièces en larg., gravées par Prot.

Belles épreuves, imprimées en couleurs. Marges.

ROWLANDSON (T.)

454. — *A French Family,* par S. Alken.

Très belle épreuve en couleurs. Marges. (Doublée).

455. — *Exibition Stare Case.* In-fol.

Très belle épreuve en couleurs. Grandes marges. Rare.

ROWLANDSON (T.)

456. — *Frog Hunting*, 1790. In-4.

> Très belle épreuve imprimée en bistre. Marges.

457. — *Humanely inscrib't to all those Professors of Music and Dancing whore the cap may fit.* In-fol. en larg.

> Très belle épreuve en couleurs. Marges.

458. — *Nap in the Country.* — *Nap in Town.* Deux sujets sur la même feuille, 1785.

> Très belle épreuve en couleurs. Marges.

RUGENDAS?

459. — *Eclaireurs conduits sous bois par un guide portant un falot.*

> Très belle épreuve en couleurs, avant toutes lettres. Marges.

RYLAND (W. Wynne)

460. — *Rustick employment.* Ovale in-4.

> Belle épreuve imprimée en couleurs. Petites marges.

SAINT-AUBIN (Aug. de)

461. — *Au moins soyez discret.* — *Comptez sur mes serments.* (E. B. 406-407). Deux pièces faisant pendants.

> Très belles épreuves. Grandes marges.

SAY (William)

462. — *Staines (The R^t Honble Sir William).* In-fol. à la manière noire d'après W. Beechey.

> Belle épreuve.

SAYER (Printed by R.)

463. — *A Scene in a convent, or Miss Titups visit to Father Bald-Pate.* In-4.

Très belle épreuve en couleurs. Petites marges.

464. — *Father Paul disturbed, or the Lay Brother reprov'd.* In-4.

Belle épreuve en couleurs. Grandes marges.

465. — *One of the Tribe of Levi, going to Brakefast with a Young Christian.* In-4.

Belle épreuve en couleurs. Sans marges.

SCHALL (d'après F.)

466. — *L'Amant surpris*, par Descourtis. In-fol.

Très belle épreuve imprimée en couleurs. Grandes marges.

467. — *Les Amants trahis par leurs Ombres*, par Wogls. In-fol. en larg.

Belle épreuve à toutes marges.

468. — *Le Bouquet impromptu*, par Augustin Le Grand.

Belle épreuve. Petites marges.

469. — *Les Cerises*, par Augustin Le Grand.

Très belle épreuve avant toutes lettres, rehaussée de couleurs. Marges.

470. — *L'Exemple dangereux. — La grotte de l'Hymen.* Deux pièces faisant pendants gravées par Augustin Le Grand.

Très belles épreuves avant la lettre, à toutes marges.

SCHALL (d'après F.)

471. — *L'Exemple dangereux*, par Chaponnier. In-fol.

Très belle épreuve imprimée en couleurs. Petites marges.

472. — *Le Garde-chasse scrupuleux*, par Augustin Le Grand. In-fol. en larg.

Très belle épreuve imprimée en couleurs. Marges.

473. — *Histoire de Paul et Virginie*. Suite de six pièces gravées par Descourtis. In-fol. en larg.

Très belles épreuves imprimées en couleurs. Marges.

474. — *Quand l'Hymen dort, l'Amour veille*, par Maucler. In-fol. en larg.

Très belle épreuve imprimée en couleurs. (Raccommodage dans la marge de droite).

475. — *Le Retour des vendanges*, par Ruotte.

Très belle épreuve. Marges.

SCHALL ?

476. — *La Lettre remise*. In-fol.

Belle épreuve avant toutes lettres. Marges.

SCHIAVONETTI (d'après)

477. — *Le Goût. — L'Odorat. — L'Ouïe. — Le Toucher.* Suite de quatre pièces gravées par Ruotte et Chaponnier. Gr. in-4.

Très belles épreuves, imprimées en couleurs. Marges.

SERGENT

478. — *Vue du champ de la Fédération et de l'arrivée des Gardes nationales de tous les départements, le 14 Juillet 1790*, d'après Bourjot. In-4 en larg.

> Très belle épreuve imprimée en couleurs. Petites marges.

SICARDI (d'après)

479. — *Chiama col canto i cuori*, par Mécou. In-4.

> Très belle épreuve imprimée en couleurs. Marges.

SINGLETON (d'après H.)

480. — *British Plenty*, par Bartolotti. In-fol.

> Très belle épreuve imprimée en couleurs. Marges.

481. — *Extravagance and Dissipation. — Industry and Œconomy.* Deux pièces faisant pendants, gravées par Darcis. In-fol.

> Belles épreuves imprimées en couleurs. Margès. (Les marges du bas un peu frottées).

482. — *Le Tondeur de moutons*, par Ruotte.

> Belle épreuve imprimée en couleurs. Marges.

SMITH (I.)

483. — *Warner* (Mrs Anna.), d'après N. de Largillière. Ovale in-4 à la manière noire.

> Très belle épreuve. Petites marges.

484. — *Bacchus and Ariadne. — Vulcanus and Cérès.* Deux pièces faisant pendants gravées à la manière noire d'après le Titien.

> Superbes épreuves du 1er tirage. Marges.

SMITH (J.-R.)

485. — *What you will* (*Ce qui vous plaira*).

> Estampe des plus gracieuses et des plus recherchées de l'Ecole anglaise du XVIIIe siècle, dessinée et gravée par le maître.
> Très belle épreuve imprimée en noir avec de très grandes marges, très rare en aussi bel état de conservation.

SMITH (d'après J.-R.)

486. — *A Wife*, par J. P. Levilly.

> Belle épreuve imprimée en bistre.

SPORTS

487. — *Horses Watering. — Horses Going to a Fair.* Deux pièces faisant pendants gravées par P. Himely d'après S. J. E. Jones.

> Belles épreuves en couleurs. Marges. (Raccommodage dans les marges).

STRANGE (Rob.)

488. — *Ah ! Si qua fata aspera !* d'après Benj. West. In-fol.

> Très belle épreuve. Marges.

TAUNAY (d'après)

489. — *Annonce d'un heureux retour. — Rentrée du militaire dans sa famille.* Deux pièces faisant pendants, gravées par P. J. Boquet.

> Belles épreuves imprimées en couleurs. Marges.

490. — *Foire de Village. — Noce de Village.* Deux pièces faisant pendants.

> Très belles épreuves imprimées en couleurs. Sans marges.

TAUNAY (d'après)

491. — *Noce de Village*, par Descourtis.

Très belle épreuve imprimée en couleurs du 1er état, *avec les Armoiries*. Marges.

THÉATRE

492. — *Collection d'acteurs et d'actrices célèbres. A Paris, chez Martinet.* Deux cent vingt-deux pièces réunies en 2 vol. in-8, dem.-rel. v. fauve.

Très belles épreuves coloriées.

VAN GORP (d'après)

493. — *La Curiosité punie*, par Lempereur. In-fol. en larg.

Très belle épreuve. Marges.

VERNET (Carle)

494. — *Les Cris de Paris*, collection de cent lithographies. *A Paris, chez Delpech*, in-4 cart.

Très bel exemplaire avec les planches coloriées, grandes marges. (Le n° 81 est en noir).

495. — *Etudes de chevaux*, 70 pièces. — *Scènes de Batailles et épisodes militaires. Portraits de chevaux*, etc., la plupart publiées par Engelman. Ensemble cent trente-deux lithographies en un album in-fol. obl., demi-rel.

Belles épreuves.

VERNET (d'après Horace)

496. — *Incroyables et Merveilleuses de 1814.* Collection de trente-deux costumes in-4 gravés par Gatine et numérotés de 1 à 32.

Très belles épreuves, marges irrégulières. Quelques-unes sont tachées ou pliées et il manque les nos 16, 22 et 31, en tout 29 pièces.

VEXELBERG (d'après)

497. — *Le Matin,* par Moreau. *A Paris, chez Jean.*

Très belle épreuve en couleurs. Grandes marges.

VIDAL

498. — *La Cuisinière française.* — *Le Malin Cuisinier.* Deux pièces faisant pendants d'après Cottibert.

Epreuves imprimées en couleurs. La seconde est sans marges.

WATSON (Caroline)

499. — *West* (Benjamin), Esqr, d'après Gab. Stuart. In-4.

Très belle épreuve. Marges.

WATSON (Thomas)

500. — *Jeune fille tenant une grappe de raisin,* d'après D. Gardner. In-fol. à la manière noire.

Belle épreuve. Petites marges.

WATTEAU (d'après Ant.)

501. — *Le Colin Maillard,* par E. Brion. In-fol. en larg.

Belle épreuve. Petites marges.

WATTEAU (d'après Ant.)

502. — *Morning Amusement.* — *Evening Amusement.*
Deux pièces faisant pendants, gravées par W. Blake.
Ovales in-4.

> Belles épreuves, *la 2ᵉ est avec la lettre grise.*

503. — *La Musette*, par Moyreau, in-fol. en larg.

> Belle épreuve. Petites marges.

504. — *Le Naufrage*, par le Cte de Caylus.

> Belle épreuve. Petites marges.

WESTALL (d'après)

505. — *Angels waiting to receive the soul of a dying Saint.* In-4, par R. Field, 1793.

> Très belle épreuve imprimée en couléurs. Marges.

506. — *L'Enfant en nourrice.* — *La Séparation douloureuse.* Deux pièces faisant pendants, gravées par A. Cardon.

> Très belles épreuves imprimées en couleurs. Marges.

507. — *La Visite du Pasteur*, par A. Cardon.

> Belle épreuve imprimée en couleurs. Petites marges.

WHEATLY (d'après J.)

508. — *Cries of London.* Six pièces in-4, par P. Bonato et A. Gabrielli.

> Belles épreuves de ces copies.

WILLE fils (d'après P. A.)

509. — *Le Bouton de rose.* — *La Curieuse*. Deux pièces faisant pendants gravées par Voyez l'aîné.

> Très belles épreuves. Marges.

510. — *Les Deux boutons.* — *Le Miroir consulté.* Deux pièces ovales faisant pendants, gravées par Vidal.

> Superbes épreuves imprimées en couleurs à toutes marges. Non ébarbées.

511. — *L'Essai du corset.* — *Dédicace d'un poëme épique.* Deux pièces faisant pendants, gravées par F. Dennel.

> Superbes épreuves avant toutes lettres. Marges.

512. — *L'Essai du corset,* par Dennel.

> Belle épreuve. Marges.

513. — *La Mère indulgente,* par L. Lempereur.

> Très belle épreuve. Marges.

GRANDE IMPRIMERIE DU CENTRE. — HERBIN, MONTLUÇON